KB206639

내 인생의 스케치

지혜사랑 297

내 인생의 스케치

이종분 시집

지혜

시인의 말

터벅터벅 세월을 따라서
여기까지 와 보니
작은 흔적이라도 남기고 싶었습니다

2024년 10월
이종분

차례

1부

2부

3부

4부

1부

유품

외할머니 떠나신 후
그리워지면
유품이라도 만져 보고 싶더라

외할머니 냄새가 배어있는
여우 목도리 하나 있었지
주인이 없어 그런지
금방 삭아서 찢어지더라

칭찬인지 흉인지 남들이 나보고
탐날 물건 없이 산다더라
그 말도 맞아
너희들 빼놓고는 별것 없지

그래서 엄마는
삭아버리지 않는 글을 쓰고 있단다

언젠가 엄마가 세상에 없을 때
생각나는 날이 있거든

한 페이지를 펼쳐놓고 보려무나

거울

현관을 나가 마당 끝으로 가는 남편이
소나무 아래서 담배를 피운다

아니 언제 저승에서 아버님이 오셨나

아버님!
언제 오셨나요 했더니
오냐 지금 왔다 능청을 떤다

그 깔끔하시던 아버님, 그것만 빼고 전부 닮았다

이튿날 아침부터 에미야 에미야 불러댄다

깜짝 놀라 달려나갔더니
저승에서 오신 아버님이 키득거린다

에미야 커피 한잔 다오

쌈닭

엄마 쌈닭 맞지요

독하긴 했지

그러니까 네 애비하고 살았다

이놈아

아홉 살 취객

바지랑대를 높이 하늘을 받친다
큰딸 시집보내는 날
마당에는 멍석을 깔아 놓았다
아버지는 권하는 술잔에 거나하게 취하셨다

과방에서 요리 쟁반 나오면
부엌에서는 국수 다섯 그릇이요
술은 두 병이요
손발이 척척 맞는다

주점을 맡은 아홉 살 막내
주전자에 남는 술 홀짝거리다가
북적대던 주점도 한가해질 무렵

아버지!
아버지는 몸을 왜 자꾸 흔드신데유
마당은 또 올라갔다가 내려갔다
웬일로 시소를 탄데유

아홉 살 막내의 얼굴은 벌겋게 석양이 묻어 있고
눈빛은 풀어져 있었다

꽃이 질 때

엊그제 찻집에서 만난 그녀는
이혼한 아들 때문에 눈시울 적시더니
이른 아침 장난 전화처럼 비보가 왔다

달려가 보니 그녀는
울음을 접고 환하게 웃고 있었다

집에 돌아와 그녀와 찍은 낡은 사진을
밤늦도록 들춰 보다가
생각해 본 적 없는 내 영정 사진을 고른다

친구 만날 때 이 옷 저 옷 걸쳐 봐도
마땅한 옷이 없는 것처럼
그날 걸어놓고 싶은 사진을 고르지 못했다

때가 너무 이른 얼굴이거나
행복한 웃음을 가진 것이 없었다

내일은 미용실에 들러 머리를 한껏 치장하고
사진관에 가서 환한 웃음을 새겨 놓고 와야겠다

박꽃 사랑

달빛 홀로 흐르는 밤
초가지붕 어둠에 핀 박꽃도
외로웠습니다

이슬 젖은 입술로 달님을
붙잡았습니다

세상이 잠든 사이 박꽃이
대가족 이루었네요

보름달 닮은 큰애는 부엌살림 맡기고
별을 닮은 둘째는 물동이에 띄우고
꽃을 닮아 잘록한 막내는 주막에서 데려갔다오

암행 길

친구 명자는 나에게 시집가지 말고 살자 하더니
얼마 안 되어 이 남자 괜찮지 직업 군인이야 하며
연지 곤지 찍고 가버렸다

명자 엄마는 나를 시집보내겠다고
총각 구인 광고 띄우고 중매 성사시키느라 분주했다
그 덕에 덜컥 들어온 선 자리

이른 아침 아버지는 말없이 암행을 떠나셨고
물어물어 총각이 사는 마을 입구에 들어서자
새끼줄 친친 감긴 몇백 년은 되었음직한
당산나무 그늘에서 땀을 식히셨다

때마침 밀짚모자 쓰고 그늘에 드는 한 어르신이
삽자루 던져놓고 걸터앉으며
논에 물고 보러 가는 중인데 처음 보는 얼굴이시군요 한다

조 아무개 어르신 사시는 동네가 여기라고 들었는데
혹시 아시는지요 했더니
뉘시오?
내가 조 아무개요

\>

하필이면 그 당산나무 아래로 들었을까

당장 사랑채로 잡혀간 암행은 술상 앞에서 손을 잡히셨다

꽃받침

목련꽃 봉오리처럼 가슴이
부풀어 올랐다

나 꼭지가 아파
하필 오빠에게 말했더니
저만치서 올케들이 깔깔대고 웃는다

아가씨, 크느라고 그래요

거울 앞에 머릿결 빗어 넘기며
꽃봉오리 눈여겨본다

꽃이 필 무렵 엄마는
흰색 꽃받침을 준비하셨다

어느 바쁜 아침
엄마 어제 빨아놓은 브래지어 어디 있어요

젖망 말이냐?

못

묵정밭에 심은 참깨며 들깨를 머리에 이고
오후가 돼서야 우리 집에 오셨다

버스를 기다리는 동안
고기 굽는 냄새가 어찌나 맛있게 나던지
말끝을 흐리셨다

시장하셨지요
조무래기 어린 것들과 허둥대며 살았기에
짧은 내 물음이 전부였다

조무래기들 자라서 생일이나 좋은 일 있을 때
갈비 굽고 푸짐한 음식을 먹을 때면
고기 굽는 냄새가 맛있다던 엄마 말씀이
못처럼 꽝꽝 가슴이 아려온다

수원지 봄

봄 마중 서둘러 앞장선 진달래
물거울 앞에 섰다가 화들짝 놀란다

어머나
저고리만 입고 나왔네

뒤따라 나온 버들 아가씨
물거울 앞에 섰다가 화들짝 놀란다

어머나
치마만 휘감고 나왔네

물거울 속 붕어들 꼬리를 쳐대며 웃는다

화풀이

강아지 역성들다 할 일 없는 노인네들
싸움이 붙었다

양념 된 음식을 강아지 주면 안 된다고
몇 번을 말해도 절벽이다

옥신각신

나가! 새끼야
강아지가 대신 화살을 맞는다

기겁을 하고 쫓겨나 웅크린 채
힐끔힐끔 고개를 저으며
욕을 하고 있겠지

진담

할머니 저희 집 좁아서
앉았다 갈 수는 있는데
잠은 자고 갈 수 없어요

네 살 어눌한 말에도
울 뻔했다

천생연분

마당에 분꽃을 심자고 하니 해바라기를 심는다

어제는 벗나무 심는다고 해서 그러라고 했더니

목련을 심었다

내가 심어놓은 상추는 뽑아 버리고 고추를 심었다

살다 살다 별별 남자를 다 본다

어디 늙으면 보자 했더니

이제는 나도 늙어 네 맘대로 해봐라

나도 체념만 잔뜩 심었다

마늘 캐는 날

장마 오기 전 캐야 하는 마늘
하필 친구와 약속이 잡힌 날이다
일찍부터 서두른다

조심스럽게 다가가
냉커피 한잔 드릴까요

어느 다방 색시래유

맨날 싸돌던
미친년 다방 색시 잖어유
처음 보는 얼굴인디
엊그제 미친놈 다방에서 옮겨 왔슈

웃음 마르기 전
후다닥 챙겨입고 나와버렸다

온종일 수다 떨면서도
마늘 캐는 남자가 자꾸 신경 쓰인다

개띠와 닭띠 부부

우리 첫 만남의 보금자리 많이 추해졌지요
도배나 하고 지붕 칠이나 하고 삽시다
사람도 늙고 집도 늙으니 서글퍼지네요

얼마나 산다고 그냥저냥 살다 말어
나 죽으면 하구려

그럼 죽을 날이나 가르쳐 주구랴

자네보다 한 살 많잖여
일 년 먼저 죽으면 되지 않겠나

죽으나 마나

이놈의 집구석 개는
평생 시끄럽게 짖어 대기만 하고
닭 하나 물어보지 못하고 사네

그녀의 사랑법

그녀는 내 어깨에 몸을 기대며
쓰러질 듯 비틀걸음으로 사찰 담을 걸어보잖다

언니, 내가 뜬 회색 목도리 전해주던 곳이
이 담길이었어
공양주 수행 중이라 추웠을 때였지

대문 틈새라도 행여나 볼 수 있을까 기웃거려 보지만
댓돌에 나란히 놓인 신발이 무심했다

당장이라도 열고 들어가 끌어내고 싶었으나

언니 그 사람 욕하지 마
내가 사랑하는 사람이잖아

꽃다운 소녀를 잃어버리고 껍데기만 남은 그녀
정신을 놓아버리고 추억 한 가닥 붙잡고 있었다

그녀가 떠나고 삼 년쯤 되었을까
문득 사찰 담을 걷다가 뒷모습이 낯익은 여자
옥이야 불러보게 되는

동심

책보자기 둘둘 말아
머슴애들 어깨에 걸치고
계집애들 허리에 두르고
뛰는 박자에
양철 필통 둥둥 챙챙 드럼을 친다

논두렁 밭두렁 칡넝쿨 기차는
산모퉁이 돌다리 간이역에 쉬고
뫼 마당이 목적지

배급받은 우유가루 한입 털어 넣고
뛰고 날던 야생화들
지금은 어디서 무슨 꽃을 피우고 있을까

종착역 닿기 전에 보고 싶은 얼굴들

읍내장터

난생처음 아버지를 따라 십 리 길 장터에 갔다

자갈밭 신작로에서 트럭을 만나
아버지는 지게를 진 채로 트럭에 올랐다

회오리 먼지 날리며 달리는 트럭
몇 번이나 쓰러지고 엉덩방아를 찧는 통에
고개를 숙인 채 몰래 웃었다

생전 처음 장터에서
원숭이를 데리고 약 파는 약장사
흥정하는 소리에 멍하니 바라보다가

그림자 길어질 때
아버지 지게에 걸린 동태 세 마리
꼬리 흔들흔들

십 리 길 고개를 나도 흔들거리며
꼬리를 따라왔다

2부

목화밭

언덕으로 밭둑으로 해찰하며
지루함을 달래던 하굣길

목화밭을 향하여
엄마 가슴 헤치듯
밋밋하고 달착진 목화 열매 찾아
입맞춤을 한다

고사리손에 한주먹 담아 밭을 나올 때
이놈들!
등 뒤가 서늘했던 엄포 소리에
달리던 어린 발걸음

삐걱대는 녹슨 무릎 끌어안고
목화솜 같은 하늘에 누워
바람길 따라 무심히 가고 있다

버들강아지

은빛 털 강아지 멍멍
짖어 댑니다

산과 들에 손님이 오셨다고
빨리 나오라고

물러

심심할 때 성경책 읽으시던
엄마

이야기책 읽으시던
구성진 가락

뭐라고 쓰여 있어요
물러!

지금 소리 내서 읽고 계셨잖아요
물러!

엄마 나이 되어서 답을 찾았습니다

아랫줄 읽으면 윗줄 잊어버렸습니다

오일장의 추억

찐빵 장수 좌판 펴는 것을
학교 가면서 눈여겨 두었다가
끝나고 집으로 단걸음에 달려왔다

솥뚜껑 속에 보름달처럼 부푼 빵이 아른거렸다

해는 뉘엿뉘엿 파장으로 저무는데
빵 장수 집에 갈까 봐 애만 태웠다

마음을 들킨 것일까
어머니의 손에 빵 봉지가 들려 있었다
달랑 다섯 개
오 남매 입에는 빵을 물려주시고
어머니는 미소만 물고 계셨다

얼마나 드시고 싶으셨을까
어머니 몫이 없던 찐빵

나는 찐빵 가게를 지날 때마다 습관적으로 산다

요양원

막 잠을 자는 누에처럼 누워있다

또 한 사람,
울음도 없이 하얗게 덮인 시트가
병동을 빠져나가고

어머니는 바쁜데 뭐 하러 왔어 하는 눈빛이다

옥이 보고 싶으시지요
데려올까요
고개를 끄덕이시더니 바로 옆으로 저으신다

정신 병동에 면회 갈 때면
옥이 잘 먹는 것
배낭에 챙겨 재촉하시더니

산등성이에 동그란 고치를 지으셨다

지금쯤 옥이 손잡고 도란도란하시겠다

이장

겹겹 지층의 문이 열리니
두 분을 뵐 수 있었습니다

생전엔 정도 좋지 않으셨는데
다정스레 계시네요

불을 물이 감싸듯이
어머니가 아버지를 늘 감싸 주셨지요

포클레인은
흙 내음 속에 부모님 만남을 주선해 주고
자기 일 다 했다고 언덕을 내려갑니다

물과 불 연대를 마지막
화석의 집에 새로 모셔 드렸습니다

선산을 감싸 주는 햇살 배웅 받으며
만남의 길
수목의 그림자 길을 내려갑니다

불멍

낡은 벽 속으로 수수깡 튀어나온 부엌으로
쥐들도 들어와 살림을 차렸다

뼈대 어긋난 문짝 틈으로
황소바람도 들랑날랑

아궁이 속 불길을 매만지던 부지깽이로
부엌 바닥에
미움이라고 썼다가
도망이라고 썼다가
용서라고 썼다가 사랑이라고 쓰고

주 예수를 믿으라

제삿날 저녁 겁 없는 낙서를 했다
불멍에 빠지면 겁도 태워진다

식구

서당 개 삼 년이면 풍월 읊는다고 했던가
우리 집에 온 지 삼 년이 넘었다

방문을 주둥이로 살짝 밀고 들어와
손자 녀석처럼 안긴다

술 취해 자는 저이 옆에
벌렁 누워 네 발 벌리고
코 골며 자는 모습

어쩌면 저리 닮았을까

너도 술 한잔했구나

그림자 친구

떨어질 줄 모르는 그림자처럼
붙어 다니는 친구 따라
병원 가는 날 동행을 했다

기다리는 무료한 시간
간 김에
나는 부인과 진료를 신청했다

일주일 후
결과는 암으로 나왔다

갑자기 가야 할 길이 보이지 않았다

내 손을 꼭 잡는 친구
조금만 더 살고 나랑 같이 가자

이렇게 큰 빚을 지고
사십 년째 친구 곁에 살고 있다

민들레

갑자기 색 바랜 흰머리예요

버티고 싶어도

시간을 거스를 재간 있나요.

가볍게 무게 줄이고

바람이 가자면 떠날 준비 해야죠

빈 고향

어둠이 깔린 모두가 잠든 밤
고요뿐인데
다랭이논 개구리들
푸른 달밤 노래했었지

지휘자에 맞춰 부르는 듯
화음 구성겼는데

엉덩이 불 켠 반딧불이는
목화 같은 포근한 밤을 잃고서
어디로 헤매는지

마당에 둥근 달무리 쳐다볼 멍석은
어디에 펴야 하는지

별 헤던 속삭임
반딧불도 개구리도 마당의 멍석도
잃어버린 빈 고향

서울행 빨간 버스가 옛 마당을
쓸고 간다

원삼 족두리 대신

구렁목까지 밝히는 횃불 행렬을 따라간다

선을 본 남자의 어머니가 세상을 떠나자
칠 남매를 두고 저승길 발걸음 떼지 못한다고
모두가 부추기는 결혼을 허락해 버렸다

불백이란 혼례식을 횃불 밝혀놓고 초상 마당에서
정화수 한 그릇 떠놓고 백 년을 약속했다

삼베 치마에 원삼 족두리 대신
머리에는 새끼줄 또아리가 올려졌다

횃불도 불똥 눈물 뚝뚝 떨구고
삼복더위 무성한 아픔은 온몸을 찔러댔다

유모차 의지하고
희미한 지난 삶을 펼쳐 보고 있다

중매

여자 팔자 뒤웅박 팔자

밑져 봤자 본전인 겨

문턱을 들랑날랑 중매쟁이 흥정에
호적을 넘겨주고

남자 등에 뒤웅박으로 업혀 살았지

농한기

깔끔히 단장한 지붕 아래
장단 맞추는 절구 소리가 정겹다

하늘이 도와 지은 농사
이웃과 감사를 나누려면
온종일 떡방아를 찧는다

정성을 저울질하는 떡시루가
부정탄다고 뒷간도 못 간다

안방 삼신할머니 앞에 놓고 삼배

등잔불 끄기 전에
따뜻한 정이
동네 한 바퀴 돌고 들어온다

첫국밥

오월 따뜻한 봄날
딸의 산후조리에 신이 오른 엄마는

하얀 기저귀 줄줄이 널어놓고 흐뭇해하시며
너희들 키울 때
이런 좋은 기저귀 한 장 채워주지 못하고 키웠다

헌 치마폭 내복 가랭이 발라내서
넓이도 색도 다른 기저귀 겹쳐 채워가며 키웠단다

차곡차곡 접어 빌딩처럼 싸놓은 하얀 기저귀 놓고
크게 웃었다

싸움

1도 차이로
얼고 녹는다

미안해 한 마디
1도였는데

늘 1도가 모자라
얼음이 되는 부부

국경 없는 사랑

광 문을 넘나드는 밀반입자
잡고 보니 시어머니였다

차마 밀고할 수 없어 모른 체
호두 바구니만 이사해 놓았다

막내아들 손주들 먹이려고
몇 알씩 허리춤으로 나르시다
잡히셨다

의적 호두 할머니 여기 잠드셨네

역전을 꿈꾸는 여자

외줄 뽑아 거미는 집을 짓고
외줄 뽑아 나는 스웨터를 짠다

오늘도 통금을 붙잡고 오는 남자
시곗바늘 12시 합장을 꼭 받고 온다

치밀어 오르는 서릿발을 삭히려
골목을 빠져나왔다

몇 발짝 옮기자
느티나무 아래 우물 속에서
손이 뻗어 나와 어깨를 잡는다

화들짝 놀라 소름이 돋는다
멀리서 밤 짐승 울음소리가 들린다

어디든 밤을 즐겨 보리라 나왔으나
갈 곳이 없다

치솟는 자존심 밟고 슬며시 방문을 열었다

지금 찾으러 나가려고 준비하는데
조금만 참지

노을 속으로

부부 동반 두 번째 여행

홍도 부두에서 육지로 나오려는 여행객
난민처럼 밀어 대며 인산인해를 이뤘다

여자들 먼저 태워놓고
흑산도에서 만나자고 약속했다

뱃머리 돌리는 순간
여보~ 여보~
날 버리고 가면 어떡하냐고
울면서 주저앉아 소리치는 익살 연기로
부두가 갑자기 환해졌다

속옷 적시도록 웃겨주던 변죽 좋은 넉살꾼들
세월에 밀려 하나 둘 노을에 묻어간다

부두에 남겨 놓고 떠나는 배처럼

3부

내 여자

주먹을 꼭 쥐고 달려오는 손자 녀석
할머니 돈 주웠어요

환하게 벌어진 웃음
돈이면 통하는 세상
어린 것까지 좋아한다

할머니 돈이 없는데 그 돈 할머니 다오

아니요 엄마 줄 거예요
달라는 내가 바보지
네 곁에 여자가 생기기 전까지 엄마지

바람과 세월

바람은
호수를 가위질하여
수련 잎 물결 입히고 춤을 추는데

세월은
내 청춘 가위질하여
주름 옷 입히고 저만치 혼자서 가네

바람은
호수에게 다시 오마 하는데

세월은
나에게 다시 못 온다 하네

모내기

오월이면 물 가둔 논에
동네 사람 다 모여 품앗이로
한 줄로 엎드려 손 빠르게 모를 심었다

줄 잡고 모 찌고 모쟁이까지
애나 늙은이나 바쁜 날이다

막걸리 술술 넘기는 정자 그늘
새참 국수 먹노라면
백로 두어 마리도 앞서거니 뒤서거니
주둥이를 꾹꾹 꽂는다

줄잡이 모쟁이 다 어디 가고
새참도 막걸리 흥겹던 노랫가락도 떠나간 논에
이제는 이양기 혼자 줄 세워 꾹꾹 꽂아 나간다

개구리 구성진 노래만 변하지 않았다

뽀뽀 게임

할머니 보고 놀아 달라고
너의 청탁이라면 무엇인들 못 들어주겠느냐

블록 집 무너뜨리기 놀이할까
먼저 무너진 사람 볼에 뽀뽀하기다

벌칙이 맘에 안 드는 듯
한참을 생각하더니
고개를 끄덕인다

평상에 높이 쌓은 블록 집
흔들흔들 지진이 일어났다

내가 이기면 네 볼에 뽀뽀
네가 이기면 내 볼에 뽀뽀

황홀한 벌칙
내년에도 이런 벌칙이 통할 수 있을까

손자

똥오줌 노상 방류 무법자다

그래도 모자라 위아래도 모른다

가는 곳마다 난장판 너만 허락된다

엄마의 터진 손

앞치마 속에 숨겨진 엄마의 열 손가락
내 손끝 갈라져 본 후에 알았다

왜 그런 것까지 엄마 닮았다니

엄마의 고운 마음씨는 안 닮았는데
살성은 엄마를 닮았네요

손끝 하나가 빨갛게 벌어져 아플 때
엄마 음성이 또 들렸다
그게 많이 아픈 거란다

등잔불에 쇠기름 녹여 손가락 마디마다
뜨겁게 떨어뜨리며 문지르던 손가락
별것 아닌 줄만 알았습니다

소풍을 떠난다

앞치마 잘록 또아리 받침 놓고
물동이 물결에 살포시
발맞춰 걷는다

보릿대 멍석 마당에 펼친 저녁
인분 냄새도 마당을 돌다가
멍석 위에 슬쩍 쉬어간다

호박잎 된장 쌈으로 파리 떼 쫓아주면
무더위 한철이 어느덧 지나간다

지친 하루 세상 푸념하다가
인분 냄새 마당 생각나서
엄마 곁으로 소풍을 간다

모르겠지

아무도 모르게 꼭꼭 감췄습니다

모양도 색깔도 냄새도 새 나올 수 없도록
잠금장치가 확실했습니다

병든 것 눈먼 것 다리 저는 것을 드리면서
떳떳지 못한 괴로움을 참아 냈습니다

어느 주일 미사 예물은 그마저 없는 빈손입니다

당황하며 옆 자매님께 꾸려고 했더니
자기 것밖에 없다고 했습니다

봉헌함 앞에서 빈손인 것을 들켜버렸습니다

기름 없는 등을 들고 있는 어리석은 처녀
그가 나였음이 탄로 나는 순간

아~ 꿈이어서 다행입니다

비상벨

화재 발생 화재 발생
거실이 연기로 가득 찼다

앞은 보이지 않고 발이 후들거렸다
기름병도 간장병도 반쯤 주저앉았다

꽃다운 이별의 아픔을 이기지 못해
마음을 놓아버린 여동생을 데리고
눈물 밥으로 살아갈 때
시청에서 달아준 화재경보기

너 떠나고
연기 속에서 다급한 목소리
소리치는 네 음성인 듯 들리는

길손

옥아 너와 강기슭 언덕에서
하염없이 앉아도 보고 걷기도 해보았으면
머릿결 날리며 푸른 솔밭 아래
네 맑은 목소리만 귓전에 들려오다가
허공에서 놓치고 말았구나
혼이 된 너는 너의 길 가는구나
살아서 이런 날 오기를 소원했는데
기어이 이 강가를 언니 혼자 걷고 있구나
그곳에서는 아프지 말고 지내거라

내 동생

하늘로 가던 날
온통 눈으로 덮어주었지

눈 밟고 간 네 발자국마다
나는 눈물로 채웠다

그 흔한 사랑 받지도 못하고
그리움으로만 가득 채우고
모질게도 힘들었지

저승에서라도 만나 행복하거라

민원

이십일 평 건물에 마당 칠십 평 앞집까지
흡연 구역을 만들었다

앞집 다섯 살 꼬마가 민원을 넣는다
할아버지 담배 냄새에 머리가 아파요

아가야 나도 피해자란다 미안하다
양심 구멍이 담배 진에 찌들어서
민원 처리가 안 된단다

아이와 궁시렁거려도
귀 어두운 덕에 별일은 안 일어난다

들린다

비워야 얻는 진리를

가을에게 배웠습니다

뒷동산

미움과 원망 슬픔 짊어지고
뒷동산을 찾았다

본 척도 안 하고 무뚝뚝한 그가
내려갈 때 말을 걸어온다

상념 보따리 내려놓고 쉬어가라고
바위 등을 내어준다

진달래 산수유꽃 떨어진
상처에서 나오는
파란 잎을 가리킨다

가볍게 뒷동산을 내려온다

한여름 밤

여름밤 들마루에 수박 한쪽 내어놓고
이따금 지나가는 자동차 불빛
별빛 삼아 멍하니 바라보노라면
내 것은 없으나 풍요롭다

입담 좋은 옆집 남자는
여기가 신선일세
하며 좁혀 앉는다

바수걸이 채반 싸리비 만들어
목물전에 펼쳐 놓던 솜씨로
파란만장했던 과거를
맛깔스럽게 풀어놓고 간다

밤이슬 내릴 때까지

철문

새벽 철문이 철커덕
어둠 뒤로 걸어 나오는 건장한 청년

아무 말 말고 어서 먹어라
굽은 등 노모는 옷깃 속에 품어온
따끈한 두부를 아들 입에 넣어준다

두부처럼 반듯하고 깨끗하고 부드럽게
사는 것이 어미 소원이다

사형제 아들만 보면 안 먹어도 배부르다고
기세등등했던 여인
두 놈씩이나 철문을 들랑거릴 줄 누가 알았겠나

뒷집 딸 부잣집 청양댁
남편 일찍 가고 기 한번 피지 못하고 살았는데
시대가 바뀌니 늦은 팔자가 꽃길이다

엊그제도 비행기 탄다고 전화 왔다

둥지

철없던 풋 새댁
첫 둥지 틀고
꿈을 심었습니다

여보 우리 갈 길 멀다
했는데
손 뻗으면 닿을 듯
가까이 와있네요

어느새 새끼들 둥지 떠나고
우리만 남았네요
길손을 기다리는

마른 손

도망가다 기어이 코로나에게 잡혔다

남편에게 옮기면
엄살이 더 무서워
내가 피했다

삼십 칠 층 아스라이 높은 벼랑 위
딸이 내준 독방에 앉아
놀이터에서 재잘거리는 소리
공차는 소리
하루 종일 지치지도 않는 자동차들의 경적 소리
모두 삶의 파도가 부딪치는 소리다

며칠간 숨통을 조이던 목이 풀어지니
소낙비 맞은 것처럼 후줄근하다

코로나 덕에
아니 남편 덕에
몇십 년 젖은 손을 말려본다

내 손에 든 권한

주방 불을 켜는 순간 바퀴벌레 두 마리
필사적으로 잡아 놓고 손이 떨린다

알을 품고 있는 듯한 빵빵한 몸통의 암놈
배 속의 후손까지 멸했다는 쾌감으로
개운한 잠을 이루었다

긴 수염 저으며 낭만을 연주하는 귀뚜라미
화장실 바닥에서 마주치면
안 잡을 테니 어서 숨으라고 발만 굴렀다

돈 들어온다는 설렁벌레 눈에 띄면
기분 따라 못 본 체하기도 하고 죽이기도 했다

생명을 죽이고 살리는 어마어마한 권한이
내 마음 안에 있었구나

4부

제민천의 빨래터

공주 구도심을 흘러가는 제민천은
온 동네 여자들의 빨래터였다
비비고 두드리고 흔들며 수다를 빨았다

인정 많고 부지런한 명희 엄마
빨래 대야 머리에 이고 바삐 걷다가
몸빼 바지 고무줄 끊어지는 통에
서 있는 채로 난감했던 이야기를 비볐다

빨래터의 하루는
이런저런 얘기 거품으로
온 동네가 부글부글 빨아지곤 했다

이제는 한 사람 한 사람 다리 건너
어딘가로 떠났지만
새롭게 단장된 다리 밑에는
시화도 걸리고 꽃들도 피어있다

제민천 샛길에는
발길 머무는 카페의 조명이
물처럼 흐르고 있다

속 빈 강정

행운권 당첨이 쉬운 일인가
그러면서 행운을 빌었다

일등 마지막 번호 하나 남기고
역시 행운은 아니야 하며 걸음을 옮기려다
환호를 질렀다
덜컥 1등 당첨이 된 전자레인지

그날부터 사십 년
주방에서 가사를 돕던
전자레인지가 고장 났다

전자레인지 새로 사면서
옛날이 생각났다

괘종시계 사는 사람이 손목시계
껴 달라고 졸랐다더니

손자 장난감이 더 비싸네

갑사

계룡산 금잔디 고개
이웃집 마실 가듯 넘던
젊은 날이 있었지요

꽃과 나무
옷을 갈아입을 때마다
비명 같은 환호를 질렀답니다

산 아래
도토리묵 부침개 막걸리 한 잔과
어울리던 자리

젊은 날의 추억을
황매화 꽃잎에 걸어 두고 갑니다

불면증

걸핏하면 삐졌다고 밤이 늦었건만
오지 않는다

새벽 일찍 도망가려 할 때는
붙잡을 길이 없다

이참에 허무한 과거라는 애는
억울하다고 울기도 한다

야생화

노릇하게 볶아진 메뚜기

멜빵 치마 소녀는
거침없이 메뚜기를 잡았다

냇물에 발 담그며
다슬기 한 깡통도 훑어 집으로 왔다

말뚝에 매인 송아지 음매 부르면
달려가 외양간으로 몰아들이고
모닥불 연기 오르는 멍석에 눕는다

젖은 멜빵 치마 벗어던지고
멱 감으러 냇물로 간다

비탈길에서도 환하게 피던 야생화

애국자

유통기한 넘긴 빵 날짜를 보고 또 본다
난민들 영상이 떠오른다

이 땅의 가장 큰 설움은 배고픈 설움
버리면 죄지

빵 좋아하는 남편 주면 맛있게 먹겠지만
유통기한 지난 거니 내가 먹는다

사람 위해 먹어야지 음식 위해 먹느냐며
옳은 말만 꼭 집어하던 사람

당신 하루 담배 두 갑은 나라를 위해
피우는 건가요

두 얼굴을 편리하게 왔다 갔다 하는
재주가 있는 사람이다

아름다운 그림

친구는 걱정이 태산이다
새 식구 들이는데 열세 평 전세라고 했더니
결혼을 할까 말까 한다고

신혼의 첫 살림 찬장이 사과 궤짝이었다면
그들은 무어라 말할까

시장 바닥에서
때 묻지 않은 뽀얀 사과 궤짝 하나 얻어다가
사포로 몸단장하고 프라이팬과 냄비를 넣어 두었다

내 생애 가장 아름다운 그림이었다

생일 선물

전주 아원 고택
포장 없는 자연의 일부를
하루치 생일 선물로 받았다

여인의 버선볼 같은 고택 대숲 길
아들딸 거닐고 중전마마처럼 걸었다

젊은 날 시리던 마음도 내려놓고
서럽던 슬픔도 내려놓고
다정히 다가오던 고요한 풍경소리를
곱게 싸서 집으로 돌아왔다

연륜

가을이다
마당에 단감나무
초록의 진액을 빼놓으니
울긋불긋 물들지 않고는
못 배긴다

물든 단풍
바람결에 차곡차곡
내려놓지 않고는
못 배긴다

쌓인 나의 연륜
신경통에 아프지 않고는
못 배긴다

엄마 손

동짓달 깊은 밤
밖에는 하얀 눈이 한길 쌓였다

등잔불 당기던 엄마는
어린 것들 내복 벗겨
고물고물 이불 속에 넣어 놓고
후드득후드득 불꽃놀이 한 장면 보여주셨다

새근새근 잠든 볼 만져 주려 해도
갈라지고 거친 손바닥으로
고운 볼 상처 날까
손등만 가만히 대보셨다

마곡사 영은암

부엉이 울음소리 잠을 깨어
새벽 기도 드리는 여인

정월이면 단정한 몸가짐으로
불공 길 떠난다

상원골 지나 장수 바위 마곡사 대웅전까지
물길도 여인 발자국 뒤를 따라 동행해 준다

불공드릴 예물 머리에 이고
영은암 마당 합장으로 반기는 여승
공손히 인사를 나눈다

적막을 흔드는 불경의 음률은
곱게 몸 접어 절하는 여인에게 자비를 베푼다

어느새 여인 곁에 엎어지듯 따라 절하는 어린 불자
십 년 만에 여인의 태문을 열어주셨다

바람

달빛 포근히 깔리고

어두운 밤 조명 완벽한데

오지 않는 지휘자

풍경 가슴 태운다

수선화

진달래 개나리
꽃샘바람 눈치 보느라
가슴 여미며
망설이고 있는데

확성기 입에 달은 수선화
동네방네 소리친다
봄이 왔어요, 봄

팔베개

심상치 않은 회색빛 하늘
폭설 예보가 떴다

창문 틈새 꼼꼼히 봉쇄하고
뒷담 추녀 밑에
연탄 열 장씩 열 줄 보초를 세웠다

한사코 끼어드는 문풍지 바람
담요 커튼으로 차단해놓고
시린 콧등 한 남자 가슴에 묻었다

신혼에 한파 멋쩍게 돌아섰다

연어

화롯불에 꽂힌
인두 손잡이는 언제나 빨강 색이었다

저고리 앞섶을 그리고
깃을 달 때 곡선을 그린다

열 손가락을 하나씩 펴면서 기다리던
빨강 치마 노랑 저고리

마지막 주먹 펴던 설날 아침 설빔을 입고
널판 위에 올라 하늘을 날았다

나는 때 없이 물살을 거슬러 고향을 찾는다

고마나루

연미산 능선 넘어가는 구름아
바람이 사공이랬지
곰나루 솔밭 하늘을 지나는구나

물비늘 반짝이는 강물 보았나
새끼 안은 어미 곰
목 놓아 울던 곳
애간장 까맣게 태우던 그 강가 보았나

하늘도 슬퍼 눈물지어 울었으리라

나루터 솔밭 곰 사당 지날 때
슬픈 어미 곰 기원 좀 올려다오

생일날

시골에서 어머니는 몇 번이나 차를 갈아타고
서울 사는 막내아들 일터를 찾으셨다

네 생일인데
얼굴 보고 싶어서 그냥 올라왔단다

겨우 차비만 장만해 오신 터라
빈 주머니만 만지작거리다가

돈 있으면 맛있는 **빵**이라도 사 먹거라

내려갈 차비를 쓰자니 걸어갈 수도 없고
식당 가서 사줄 돈도 없고

얇은 주머니에 손 넣으신 채로
한마디 던지며 뒤돌아선 어머니

평생 잊지 못할 어머니의 한양 길

내 탓이오

어쩌면 굽은 등까지 엄마 모습이네

작달막했던 키에 보조개가 귀여우셨던
우리 엄마 생각하며
유튜브 등 펴기 운동을 보고 따라 한다

놀란 옆구리 근육이 더 앞으로 잡아당기며
나이 들어 고집이 꺾이면 꺾였지
휘지는 못하겠단다

마당 저편
휘어진 등 자랑하는 소나무가 웃는다
자기 몸매는 날마다 비바람 견디며 만들어진 것이라며
엄마 탓 아니고 내 탓이란다

낡은 가방

헌 가마니에 곡식이
더 많이 들어가는 법

주름진 내 가방도
팔십 평생 꾹꾹 눌러 가며
세상을 담아 왔다
싹트는 희망도
근심과 슬픔도

내 몸 어디선가 곰삭은 냄새가
맛깔스러운 향기 되어 날아왔다

향기 떠난 후유증으로
인산인해를 이루는
병원 백화점을 찾아갔다

가방 바퀴 갈아 끼우는 사람
욕심 꽉 찬 심보 비우는 사람
간·장·통 청소하는 사람
나는 필요 없는 씨방을 떼어 놓고 왔다

여유 공간이 생겼다

잘 살아온 인생, 추억과 대화하다

— 이종분의 시 세계

권 온 문학평론가

잘 살아온 인생, 추억과 대화하다
— 이종분의 시 세계

권 온 문학평론가

1.

이종분은 2022년 일흔을 훌쩍 넘긴 나이에 시인으로서
등단하였고, 팔순의 나이를 예감하는 2024년에 이르러 첫
시집을 출간하게 되었다. 그녀는 시인의 말에서 "터벅터벅
세월을 따라서/ 여기까지 와 보니/ 작은 흔적이라도 남기
고 싶었습니다"라고 언급하였다.

이종분의 첫 시집 『내 인생의 스케치』에는 시인의 생각,
경험, 세월 등이 풍성하게 담겨있다. 그녀의 이번 시집에는
80여 년에 육박하는 삶의 양상이 다양한 사연들과 함께 제
시된다. 시인이 시집에서 형상화하는 시 세계의 핵심을 이
루고 있는 어휘에는 인생, 인간, 사람, 삶, 추억, 사랑 등이
있다.

이종분이 이야기한 '여기'의 풍경을 살뜰하게 살피고, 그
녀가 언급한 '작은 흔적'을 눈여겨 볼 때, 독자들의 삶과 인

생에도 더 크고 넓은 사랑의 파도가 밀려들 수 있을 것이다.
이제 우리들의 인생 스케치를 시작할 순간이다.

2.

묵정밭에 심은 참깨며 들깨를 머리에 이고
오후가 돼서야 우리 집에 오셨다

버스를 기다리는 동안
고기 굽는 냄새가 어찌나 맛있게 나던지
말끝을 흐리셨다

시장하셨지요
조무래기 어린 것들과 허둥대며 살았기에
짧은 내 물음이 전부였다

조무래기들 자라서 생일이나 좋은 일 있을 때
갈비 굽고 푸짐한 음식을 먹을 때면
고기 굽는 냄새가 맛있던 엄마 말씀이
못처럼 꽝꽝 가슴이 아려온다
―「못」전문

시적 화자 '나'에게는 잊을 수 없는 "엄마 말씀"이 있다.
"고기 굽는 냄새가 어찌나 맛있게 나던지"라는 그녀의 발언
을 향해 '나'는 "시장하셨지요"라는 건조한 반응을 보였을

뿐이다. '나'의 눈에는 "묵정밭에 심은 참깨며 들깨를 머리에 이고", 힘들게 "우리 집에 오"신 '엄마'가 들어오지 않았다. 핑계일 수도 있으나 '나'는 그때 "조무래기 어린 것들과 허둥대며 살았기" 때문이다.

'나'는 "조무래기들"의 "생일이나 좋은 일"이 "있을 때/갈비 굽고 푸짐한 음식을 먹"었고, 비로소 "고기 굽는 냄새가 맛있다던 엄마 말씀"에 집중한다. 4연 4행의 "못처럼 꽝꽝 가슴이 아려온다"라는 진술에는 부모를 향한 자식의 마음이 내재한다. '나'는 아이들에게 '갈비'와 '푸짐한 음식'을 먹이느라 엄마가 원하시던 '고기'를 준비하지 못했다. '나'의 가슴에 '꽝꽝' 소리를 내며 박힌 대못 같은 '엄마 말씀'은 언제쯤 잊힐 수 있을까?

마당에 분꽃을 심자고 하니 해바라기를 심는다

어제는 벚나무 심는다고 해서 그러라고 했더니

목련을 심었다

내가 심어놓은 상추는 뽑아 버리고 고추를 심었다

살다 살다 별별 남자를 다 본다

어디 늙으면 보자 했더니

이제는 나도 늙어 네 맘대로 해봐라

나도 체념만 잔뜩 심었다

―「천생연분」 전문

　이종분은 앞의 시 「못」에서 부모와 자식, 엄마와 딸의 관계를 다룬 바 있다. 시인은 이번 시에서 부부의 관계에 천착한다. 시적 화자 '나'는 아내이고 "남자"는 남편이 된다. 아내와 남편은 미묘한 엇갈림을 지속한다. 가령 아내는 "분꽃을 심자고 하"지만 남편은 "해바라기를 심는다". 또한 아내는 "벚나무 심는다"는 남편에게 "그러라고 했더니", 그는 갑자기 "목련을 심었다". "내가 심어놓은 상추는 뽑아 버리고", '남자'가 "고추를 심었다"라는 대목에 이르면 아내와 남편의 사이는 거의 파탄 상황에 도달한 것으로 판단된다. 아내가 남편을 "별별 남자"로 지칭하고 "어디 늙으면 보자"라며 으름장을 놓는 것은 두 사람 사이에 흐르는 긴장과 갈등을 적극적으로 제시한다.

　그런데 이종분은 대립 구도를 형성하는 부부의 관계를 "천생연분"으로 규정한다. 그녀가 부부의 사이를 '천생연분'이라는 긍정적인 인연으로 수용하는 이유는 무엇인가? 우리는 그 이유를 6연의 "네 맘대로 해봐라"와 7연의 "나도 체념만 잔뜩 심었다"라는 표현에서 찾을 수 있을 것이다. 아내와 남편이 서로 늙어가는 상대방을 존중하고 세월의 힘을 인정하는 모습이 아름답다.

　　책보자기 둘둘 말아
　　머슴애들 어깨에 걸치고

계집애들 허리에 두르고
뛰는 박자에
양철 필통 둥둥 챙챙 드럼을 친다

논두렁 밭두렁 칡넝쿨 기차는
산모퉁이 돌다리 간이역에 쉬고
뫼 마당이 목적지

배급받은 우유가루 한입 털어 넣고
뛰고 날던 야생화들
지금은 어디서 무슨 꽃을 피우고 있을까

종착역 닿기 전에 보고 싶은 얼굴들
　　　　　　—「동심」전문

　인간이 경험하는 매력적인 감정 중 하나는 '추억'과 관련
된다. 이종분은 이 시에서 유년 시절의 추억으로 이동하여
"동심"을 곱씹는다. 그녀는 어린아이의 마음으로 과거의 영
상을 재생한다. 거기에는 "책보자기", "양철 필통", "간이
역", "우유가루" 등 지금은 찾기 힘든 과거의 소품들이 등장
한다.
　시인은 유년의 시공時空으로 돌아가서, "머슴애들"과 "계
집애들"이 되어 "논두렁 밭두렁 칡넝쿨 기차"를 탄다. 그
녀는 그리운 친구들을 "배급받은 우유가루"를 먹던 "야생
화들"로 기억한다. 이종분이 수십 년 전에 함께 뛰놀던 '야
생화들'에게 던지는 "지금은 어디서 무슨 꽃을 피우고 있을

까"라는 질문은 이번 시집을 읽는 다수의 독자들에게 적용될 수 있다. 필자는 "종착역 닿기 전에 보고 싶은 얼굴들"을 보고 싶다는 시인의 소박하면서도 간절한 소망이 꼭 이루어지기를 바란다.

> 심심할 때 성경책 읽으시던
> 엄마
>
> 이야기책 읽으시던
> 구성진 가락
>
> 뭐라고 쓰여 있어요
> 물러!
>
> 지금 소리 내서 읽고 계셨잖아요
> 물러!
>
> 엄마 나이 되어서 답을 찾았습니다
>
> 아랫줄 읽으면 윗줄 잊어버렸습니다
> ―「물러」 전문

시인은 한때의 "엄마"를 생각한다. 이종분은 "심심할 때 성경책"이나 "이야기책"을 "읽으시던", 옛날의 '엄마'를 생각한다. 시인은 그때 책을 읽으며 "구성진/ 가락"을 노래하던 엄마를 이해하기 힘들었다. 엄마는 "뭐라고 쓰여 있어요", "지금 소리 내서 읽고 계셨잖아요" 등의 딸의 질문에 "물러!"라는 답변을 반복하였기 때문이다.

엄마가 언급한 '물러'는 아마도 어떤 사실이나 대상을 알지 못하거나 기억하지 못하는 상태를 의미하는 '몰라'를 가리키는 것으로 생각된다. 딸은 뒤늦게 엄마의 상황에 공감한다. 딸은 "아랫줄 읽으면 윗줄 잊어버렸"던 당시의 엄마를 "엄마 나이"가 "되어서" 비로소 깨닫게 된 것이다. 이종분은 이 시에서 그토록 답답했던 엄마를 결국 이해하게 된 딸의 심경을 "아랫줄 읽으면 윗줄 잊어버렸습니다"라는 6연의 문장에 담아서 형상화하였다.

　　찐빵 장수 좌판 펴는 것을
　　학교 가면서 눈여겨 두었다가
　　끝나고 집으로 단걸음에 달려왔다

　　솥뚜껑 속에 보름달처럼 부푼 빵이 아른거렸다

　　해는 뉘엿뉘엿 파장으로 저무는데
　　빵 장수 집에 갈까 봐 애만 태웠다

　　마음을 들킨 것일까
　　어머니의 손에 빵 봉지가 들려 있었다
　　달랑 다섯 개
　　오 남매 입에는 빵을 물려주시고
　　어머니는 미소만 물고 계셨다

얼마나 드시고 싶으셨을까
어머니 몫이 없던 찐빵

나는 찐빵 가게를 지날 때마다 습관적으로 산다
　　―「오일장의 추억」 전문

　"추억"을 향한 이종분의 지향은 이 시에서도 지속된다.
그녀가 이번에 떠올린 추억의 대상은 "오일장"의 "찐빵"이
다. 추억 속의 찐빵은 "찐빵 장수"가 "좌판"에서 팔던 것이
기에, "파장"이 되어 "빵장수"가 "집에" 가게 되면 시적 화
자 '나'를 비롯한 "오 남매"는 찐빵을 먹을 수 없었다.
　다급했던 딸의 "마음"을 알았는지 "어머니의 손에"는 "다
섯 개"의 찐빵이 담긴 "빵 봉지"가 있었다. 그러나 안타깝게
도 어머니는 찐빵을 드실 수 없었고, 대신 자식들이 빵을 먹
는 모습을 보며 "미소만 물고 계셨다". 우리는 시 「못」에서
"고기 굽는 냄새가 맛있다"라고 말씀하셨던 "엄마"를 기억
한다. '고기'를 못 드셨던 '엄마'와 '찐빵'을 드시지 못한 '어
머니'가 겹쳐지면서 딸의 송구함은 배가되고, 이는 "얼마나
드시고 싶으셨을까"라는 5연 1행의 물음으로 구체화된다.
그런 이유에서 독자들은 '나'가 오늘날 "찐빵 가게를 지날
때마다 습관적으로" 빵을 사는 이유를 잘 알 수 있다.

　　구렁목까지 밝히는 횃불 행렬을 따라간다

　　선을 본 남자의 어머니가 세상을 떠나자
　　칠 남매를 두고 저승길 발걸음 떼지 못한다고

모두가 부추기는 결혼을 허락해 버렸다

불백이란 혼례식을 횃불 밝혀놓고 초상 마당에서
정화수 한 그릇 떠놓고 백 년을 약속했다

삼베 치마에 원삼 족두리 대신
머리에는 새끼줄 또아리가 올려졌다

횃불도 불똥 눈물 뚝뚝 떨구고
삼복더위 무성한 아픔은 온몸을 찔러댔다

유모차 의지하고
희미한 지난 삶을 펼쳐 보고 있다
　　　　　　　　　　　　　　　―「원삼 족두리 대신」 전문

　시인은 지금 "희미한 지난 삶을 펼쳐 보고 있다" 그녀는
시집의 제목과도 같이 "내 인생의 스케치"를 수행하는 것이
다. 유감스럽게도 이종분이 회고하는 '삶' 또는 '인생'의 색
채는 상당히 어둡다. 이 시에는 정상적인 "결혼" 또는 "혼례
식"을 진행하지 못한 어떤 '여자'의 기구한 사연이 담겨 있
다. 그 여자는 어떤 남자와 선을 보았는데, 그 남자의 어머
니가 갑자기 "세상을 떠나"면서 떠밀리듯이 "모두가 부추
기는 결혼을 허락해 버렸"던 것이다.
　아직 "선을 본 남자"에 대한 마음이 확고하지 않았을 여
자는 엉겁결에 "원삼 족두리 대신", "삼베 치마"를 입고 "머
리에는 새끼줄 또아리"를 올린 채, "초상 마당에서/ 정화수

한 그릇 떠놓고 백 년을 약속했다" "눈물"과 "아픔"으로 결혼 생활을 시작했던 그 여자는 이제 "유모차"에 "의지하"며 살아가는 노인이 되었다. 쉽지 않았을 그녀의 삶에도 '원삼 족두리'와 '웨딩드레스'가 허락되기를 바라는 마음이 간절하다.

> 주먹을 꼭 쥐고 달려오는 손자 녀석
> 할머니 돈 주웠어요
>
> 환하게 벌어진 웃음
> 돈이면 통하는 세상
> 어린 것까지 좋아한다
>
> 할머니 돈이 없는데 그 돈 할머니 다오
>
> 아니요 엄마 줄 거예요
> 달라는 내가 바보지
> 네 곁에 여자가 생기기 전까지 엄마지
> ─「내 여자」전문

이종분은 이번 시집에서 다양한 인간관계를 포착한다. 그녀가 다루는 인간관계는 부모와 자식, 부부, 친구 등 다양한 유형으로 구분될 수 있다. 시인이 이 시에서 집중하는 인간관계는 할머니와 손자 사이이다. "손자 녀석"은 시적 화자 '나'에게 다가와서 "할머니 돈 주웠어요"라고 말한다. '나'는 "어린 것까지", 이 세계가 "돈이면 통하는 세상"임을 일찍 알아버렸음을 깨닫는다.

'나'는 기분이 좋은 '손자'에게 "할머니 돈이 없는데 그 돈 할머니 다오"라고 제안하지만, 손자로부터 "아니요 엄마 줄 거예요"라는 답변을 들으며 보기 좋게 거절당한다. 이종분의 이 시는 남자의 삶에서 '엄마'가 차지하는 비중의 변화를 유쾌하게 제시한다. 곧 4연 3행의 "네 곁에 여자가 생기기 전까지 엄마지"라는 진술은 남자의 인생에서 중요한 여자가 '엄마'에서 '아내'로 바뀌는 현상을 절묘하게 포착한다.

할머니 보고 놀아 달라고
너의 청탁이라면 무엇인들 못 들어주겠느냐

블록 집 무너뜨리기 놀이할까
먼저 무너진 사람 볼에 뽀뽀하기다

벌칙이 맘에 안 드는 듯
한참을 생각하더니
고개를 끄덕인다

평상에 높이 쌓은 블록 집
흔들흔들 지진이 일어났다

내가 이기면 네 볼에 뽀뽀
네가 이기면 내 볼에 뽀뽀

황홀한 벌칙

내년에도 이런 벌칙이 통할 수 있을까

—「뽀뽀 게임」 전문

시적 화자 '나'는 "할머니"이고, '너'는 '손주'일 것이다. '나'는 '너'와 함께 "블록 집 무너뜨리기 놀이"를 시도한다. '나'가 '너'에게 제안한 "벌칙"은 "먼저 무너진 사람 볼에 뽀뽀하기"이다. '나'가 이기면 "네 볼에 뽀뽀"할 수 있고, '너'가 이기면 "내 볼에 뽀뽀"하게 되는데, 이와 같은 벌칙은 '나'에게는 "황홀한 벌칙"이 된다. 누가 이기든지 서로 뽀뽀할 수 있다는 점에서, '나'에게 놀이의 벌칙은 대단히 근사한 벌칙이 되기 때문이다.

할머니의 입장에서 손주와 관련된 행위를 한다는 것은 대단히 유의미하다. 1연 2행의 "너의 청탁이라면 무엇인들 못 들어주겠느냐"라는 진술에는 '너'를 향한 '나'의 '사랑'이 그득하다. 노년에 접어든 '나'에게 '시간'은 가장 긴요한 삶의 요소일 테다. 그런 이유에서 6연 2행의 "내년에도 이런 벌칙이 통할 수 있을까"라는 진술은 이 시를 읽는 독자들의 마음을 조바심과 슬픔으로 채색할 수 있다.

새벽 철문이 철커덕

어둠 뒤로 걸어 나오는 건장한 청년

아무 말 말고 어서 먹어라

굽은 등 노모는 옷깃 속에 품어온

따끈한 두부를 아들 입에 넣어준다

두부처럼 반듯하고 깨끗하고 부드럽게
사는 것이 어미 소원이다

사형제 아들만 보면 안 먹어도 배부르다고
기세등등했던 여인
두 놈씩이나 철문을 들랑거릴 줄 누가 알았겠나

뒷집 딸 부잣집 청양댁
남편 일찍 가고 기 한번 피지 못하고 살았는데
시대가 바뀌니 늦은 팔자가 꽃길이다

엊그제도 비행기 탄다고 전화 왔다
　　―「철문」전문

　　이종분이 이번 시집에서 집중하는 주제는 '인생'이다. '새
옹지마'라는 표현도 있듯이 인간의 인생을 예상하는 일은
대단히 어렵다. 우리가 사람들의 인생을 살피다가 아이러
니의 상황을 자주 목도하게 되는 이유도 여기에 있다.
　　시인은 이 시에서 두 사람의 "여인"에 대해서, 그녀들의
인생에 대해서 이야기한다. 한 사람의 '여인'에게는 "사형
제 아들"이 있었다. 그녀는 아들 넷을 "보면 안 먹어도 배부
르다"던, "당당했던 여인"이었다. 그런데 사형제 중 "두 놈
씩이나 철문을 들랑거"리게 된다. "어미 소원"은 두 아들이
"반듯하고 깨끗하고 부드럽게/ 사는 것"인데, 그 바람이 이
루어질 수 있을지는 미지수이다.

다른 한 사람의 '여인'은 "딸 부잣집 청양댁"이다. "남편 일찍 가고" 힘들게 살았던 그녀에게는 "꽃길" 같은 "늦은 팔자가" 펼쳐진다. 수시로 "비행기 탄다고 전화"가 올 정도로 "시대가 바뀌니" 청양댁의 현재는 화려하고 근사하다. 요컨대 이 시는 세상에 영원한 것은 없고, 인생의 사이클은 수시로 변한다는 사실을 유쾌하게 알려준다.

친구는 걱정이 태산이다
새 식구 들이는데 열세 평 전세라고 했더니
결혼을 할까 말까 한다고

신혼의 첫 살림 찬장이 사과 궤짝이었다면
그들은 무어라 말할까

시장 바닥에서
때 묻지 않은 뽀얀 사과 궤짝 하나 얻어다가
사포로 몸단장하고 프라이팬과 냄비를 넣어 두었다

내 생애 가장 아름다운 그림이었다
— 「아름다운 그림」 전문

시적 화자 '나'에게는 "친구"가 하나 있다. 그 친구에게는 아들이 하나 있었을 테고, 그 아들은 결혼을 앞두고 있었을 것이다. 친구는 아들과 "새 식구"가 함께 살 보금자리를 "열 세평 전세"로 준비했으나 "걱정이 태산이다". 아들과 결혼할 '새 식구'가 "결혼을 할까 말까" 망설이고 있기 때문이다. 아마도 새 식구의 망설임은 "열세 평" 때문일 수도 있고, "전세" 때문일 수도 있을 것이다. 신세대 여성으로서의 새 식구에게 첫 보금자리로서의 '열 세평 전세'는 만족스럽지 않을 수 있기 때문이다.

친구의 걱정을 전해 들은 '나'는 자신의 "신혼"을 생각한다. '나'의 "첫 살림 찬장"은 "사과 궤짝"이었다. '나'는 "시장 바닥에서/ 때 묻지 않은 뽀얀 사과 궤짝 하나 얻어다가/ 사포로 몸단장하고 프라이팬과 냄비를 넣어 두었"던 것이다. 한때 '사과 궤짝'을 가져와서 신혼의 첫 살림으로써 활용하기도 했다는 사실을 친구의 아들과 새 식구가 들으면 어떤 반응을 보일까? 그들의 입장에서는 믿을 수 없다는 반응을 보일지도 모르겠다. '나'는 사과 궤짝 찬장을 "내 생애 가장 아름다운 그림"으로서 규정한다. 다수의 독자들이 '나'의 이와 같은 규정에 동감할 수 있을 것이다. 사과 궤짝 찬장은 정말 아름답다. 그것은 인생의 '빈티지vintage'일 수 있다.

> 시골에서 어머니는 몇 번이나 차를 갈아타고
> 서울 사는 막내아들 일터를 찾으셨다
>
> 네 생일인데
> 얼굴 보고 싶어서 그냥 올라왔단다
>
> 겨우 차비만 장만해 오신 터라
> 빈 주머니만 만지작거리다가

돈 있으면 맛있는 빵이라도 사 먹거라

내려갈 차비를 쓰자니 걸어갈 수도 없고
식당 가서 사줄 돈도 없고

얇은 주머니에 손 넣으신 채로
한마디 던지며 뒤돌아선 어머니

평생 잊지 못할 어머니의 한양 길
―「생일날」 전문

　이 시를 이끄는 목소리의 주인공은 "막내아들"이다. '막
내아들'이 집중하는 대상은 "어머니"이다. 그녀는 아들의
입장에서는 '어머니'이고, "손자들"의 입장에서는 "할머니"
이다. '어머니'이자 '할머니'인 여자가 "시골에서", "몇 번
이나 차를 갈아타고/ 서울 사는 막내아들 일터를 찾"아 왔
다. 자식의 생일을 맞아서 "얼굴 보고 싶어서 그냥 올라왔"
던 것이다.
　흥미로운 점은 그녀가 "겨우 차비만 장만해", '그냥' 서울
에 왔다는 사실이다. 어머니는 막내아들에게 "돈 있으면 맛
있는 빵이라도 사 먹거라"라는 "한마디 던지며 뒤돌아"섰
다. 그녀에게는 생일을 맞은 아들을 향한 축하의 마음이 가
득했으나, 그 마음을 말로 표현할 수 있을 뿐이었고, 그 마
음을 구체화할 수 있는 "돈"이 없었다. 철없는 "손자들은 할
머니를 놀렸"지만, 막내아들의 입장에서는 "평생 잊지 못
할 어머니의 한양길"이다. 또한 그에게는 평생 잊을 수 없

는 "생일날"인 셈이다. 자식을 향한 부모의 순수한 사랑을 경험할 수 있다는 점에서 이종분의 이 시는 우리에게 따뜻한 온기를 불어넣는다.

3.

이종분의 첫 시집 『내 인생의 스케치』를 살펴었다. 구체적으로는 시집에 수록된 시편 중에서 「못」, 「천생연분」, 「동심」, 「물러」, 「오일장의 추억」, 「원삼 족두리 대신」, 「내 여자」, 「뽀뽀 게임」, 「철문」, 「아름다운 그림」, 「생일날」 등 11편의 시들을 중심으로 시인의 시 세계를 점검하였다.

이종분이 이번 시집에서 내세운 주제는 무엇보다도 인간의 '삶' 또는 '인생'이다. 80여 년의 인생을 살아낸 그녀에게 삶이란 일차적으로 '추억'의 대상이 된다. 시인이 말하는 "내 인생"에서의 '나'는 늘 변화하는 인물일 수 있다. '나'는 아이이자 청소년이고, 성인이자 중년이며 노인이기도 하다. 또한 '나'는 누군가의 딸이자 아내이며, 엄마이자 할머니가 된다. 이종분은 다양한 시편을 통해서 '나'를 찾고, '인생'을 추억하고 되새긴다. 독자들은 그녀의 시를 읽으며 스스로의 '나'와 대면하고, 자신의 '인생'을 생각하며 상상할 수 있다.

랄프 왈도 에머슨Ralph Waldo Emerson은 인생에 관하여 다음과 이야기하였다. "인생의 목적은 행복해지는 것이 아니다. 인생의 목적은 당신이 잘 살아왔다는 것에 도움이 되고, 명예롭게 하며, 동정하고, 변화를 가져오는 것이다.(The purpose of life is not to be happy. It is to be useful, to be honorable, to be compassionate, to have it make some difference that you have lived and lived well.)"

인생을 향한 에머슨의 진술에 공감하면서 이종분의 시편을 읽을 수 있는 행운이 우리에게 허락된다면 얼마나 좋을까? 인간이 자신에게 주어진 삶 또는 인생을 살아가는 이유는 행복해지려는 데 있지 않다. 사람들이 인생을 지속하는 이유는 살아가는 과정 자체가 유의미하기 때문이다. 모든 사람은 스스로의 인생을 잘 살아왔고, 지금도 잘 살아가고 있으며, 앞으로도 잘 살아갈 것이다. 이종분에게 펼쳐질 인생의 궤적도 그러할 테고, 그녀의 시 세계도 그러할 것이다.

이 종 분

이종분 시인은 1947년 충남 공주에서 태어났고, 2022년 『현대계
간문학』(시 부문) 으로 등단했다. 제1회 "어르신의 재치와 유머"
짧은 시 공모전 수상((사)대한노인회와 (사)한국시인협회 공동주
최)을 했고, 현재 금강여성문학회 회원, 한국문학협회 회원으로
활동을 하고 있다.

이메일   ljb471218@gmail.com

이종분 시집
내 인생의 스케치

발   행   2024년 10월 15일
지 은 이   이종분
펴 낸 이   반송림
편집디자인   반송림
펴 낸 곳   도서출판 지혜, 계간시전문지 애지
기획위원   반경환
주   소   34624 대전광역시 동구 태전로 57, 2층 도서출판 지혜
전   화   042-625-1140
팩   스   042-627-1140
전자우편   eji@ji-hye.com
            ejisarang@hanmail.net
애지카페   cafe.daum.net/ejiliterature

ISBN   979-11-5728-556-3   03810
값   10,000원